작은거인 야코비

Der Kleine Herr Jakobi
by Annette Pehnt
illustrated by Jutta Bauer

이 도서의 국립중앙도서관 출판시도서목록(CIP)은
e-CIP 홈페이지(http://www.nl.go.kr/cip.php)에서 이용하실 수 있습니다.
(CIP제어번호: CIP2008003248)

작은 거인 야코비

Der kleine Herr Jakobi

아네테 펜트 글 | 유타 바우어 그림 | 한희진 옮김

문학동네

야코비 씨와 신발

키가 작은 야코비 씨는 아주 어렸을 적에 신발을 신지 않고 다녔습니다. 야코비 씨는 맨발로 집 밖에 나와서는 차가운 아스팔트 위에 가만히 서 있었지요. 그러면 누군가가 어린 야코비 씨를 감싸 안아 집으로 데리고 갔답니다. 이러다간 얼어 죽을 수도 있단다. 최소한 양말은 신고 다녀야 해. 그래서 야코비 씨는 자그맣고 핏기 없지만 늘 따뜻한 체온을 유지하던 발에 양말을 껴 신고 집 밖으로 나갔습니다. 비라도 내리는 날이면 양말은 금세 빗물을 빨아들여 젖어버렸습니다. 하지만 야코비 씨는 도로를 왼쪽 오른쪽 번갈아 뛰어다니며 빗물을 튕기는 걸 좋아했어요. 네 발에다 신발을 붙여줘야겠구나, 라고 어른들은 말했지요.

시간이 흘러 야코비 씨는 신발을 신고 다니는 것에 적응이 되었습니다. 하지만 책상에 앉아 있을 때나 극장 안에서, 그리고 전철 안에서는 늘 신발을 벗고 발가락 사이를 벌리고 있어야만 했어요. 야코비 씨는 무릎을 꿇은 자세로 앉아 좌석 아래 나란히 놓인 신발이 쉴 수 있게 해주었습니다. 아이들이 맨 먼저 그 광경을 발견하고는 신발을 가리키며 코를 틀어막았어요. 그러자 전동차 내부로 키득키득 웃는 소리가 빠르게 번져 갔지요. 여자들은 고개를 다른 쪽으로 돌리며 입을 꾹 다물었어요.

한번은 한 소년이 다가와 야코비 씨의 오른쪽 신발을 냉큼 집어 들고 문 밖으로 뛰쳐나갔는데 그만 전동차 문이 닫히고 말았습니다. 야코비 씨가 창밖을 내다보니 소년은 신발을 높이 들고 허공에서 마구 흔들고 있었어요. 다른 아이들도 창가 쪽으로 몰려들어 구경을 했습니다. 신발을 가져간 소년은 양쪽 팔을 크게 흔들어 보이더니 신발을 쓰레기통에 던져버렸지요. 구경하던 아이들은 발을 구르고 박수를 치며 좋아라 했고, 전동차는 움직이기 시작했습니다. 야코비 씨는 왼쪽 신발에 발을 밀어 넣고 양말을 끝까지 끌어올린 다음 전동차에서 내렸습니다. 한쪽 발이 금방 더러워질 테지만 아저씬 괜찮을 거야, 한 아이가 소리쳤습니다. 표나지 않게 절뚝거리며 집으로 가는 길에 야코비 씨는 양말 속에서 발가락을 꼼지락거리며 보도에 나 있는 홈을 느껴보았어요. 지나가던 사람들이 힐끔힐끔 쳐다봅니다. 이제 야코비 씨는 왼쪽 신발까지 마저 벗어버리고 맨발바닥으로 거리를 활보했습니다. 당연히 야코비 씨의 발소리는 들리지 않았어요.

이게 대체 무슨 일이에요! 스텔라는 발소리를 듣지 못했기에 복도에서 야코비 씨와 마주치고는 깜짝 놀라고 말았습니다. 엄동설한에 맨발로 다니는 게 재미있나요? 아직은 가을이에요. 야코비 씨가 대답합니다. 그런 다음 양말을 벗고 발바닥을 쳐다봅니다. 두 발은 핏기 없이 하얘져 있었습니다. 너무 추워서 얼어버린 거예요. 스텔라는 나무라듯 말합니다. 당신은 신발을 발에다 붙이고 다녀야겠군요.

야코비 씨의 말다툼

야코비 씨는 누구와도 싸워본 적이 없었습니다. 화요일마다 스텔라가 청소용 세제를 안고 찾아와 어떻게 이 지경이 되도록 어지럽히고 지내냐고 소리를 지르면, 야코비 씨는 기분 좋게 고개만 끄덕였습니다. 스텔라는 어떤 날에는 야코비 씨에게 비버처럼 살고 있다고 했고, 유난히 흐린 화요일에는 멧돼지 같다고 흉을 보았습니다. 야코비 씨는 부엌 식탁에 앉아 스텔라가 짜증을 부리며 방 안을 돌아다니는 모습을 지켜보았습니다. 그러다 무슨 생각이 떠오른 듯 외출을 하고 오겠다고 말했지요. 복도에 나서자 스텔라가 잠시도 집에 가만히 있지 못하는 남자라고 혼잣말로 투덜대는 소리가 들려왔습니다. 야코비 씨는 위아래로 차림새를 살펴본 다음 바지를 추켜올리고 밖으로 나섰습니다.

층계 위에는 시카네더 씨가 커다란 물주전자로 화분에 물을 주고 있었습니다. 주전자를 높이 들어 올렸기에 그의 팔은 부르르 떨리고 있었지요. 야코비 씨는 거의 아무런 소리도 내지 않고 그의 곁을 지나쳤지만, 시카네더 씨는 그의 발소리를 듣고 말았습니다. 그리고 야코비 씨 쪽으로 몸을 돌리려 했는데 순간 왼손에서 주전자가 미끄러져 주전자 속의 물이 창틀에 쏟아지고 말았습니다. 시카네더 씨는 누가 이걸 다 닦아내겠냐며 버럭 고함을 쳤습니다. 당신이 책임지쇼. 야코비 씨는 난간에 등을 기대고 가만히 있었습니다. 당신, 왜 거기 가만히 서서 웃고만 있는 거요? 시카네더 씨는 시비를 걸듯 말했습니다. 야코비 씨는 웃지 않았습니다. 대신 주머니에서 손수건을 꺼내 시카네더 씨에게 건넸지요. 하지만 시카네더 씨는 더 크게 소리를 질렀고, 그래서 하마터면 양쪽 눈알이 밖으로 튀어

나올 뻔했습니다. 그는 손수건을 받지 않으려 했지요.

야코비 씨는 거리로 나서 숨을 깊게 들이쉬었습니다. 한 여자가 은백색의 유모차를 끌고 오더니 길 가운데를 막고 서 있다고 불평을 하며 지나갔습니다. 야코비 씨가 뭐라 대꾸하려 했을 때엔 여자는 이미 가게 뒤로 사라지고 없었지요.

야코비 씨는 분풀이를 해야겠다고 생각했습니다. 그는 교차로에 놓인 신호등 앞으로 가서 팔을 치켜들고 주먹질을 하며 소리쳤습니다. 이렇게 길 한가운데 서서 불빛만 반짝이고 있는 게 무슨 경우냐며, 협박을 하는 거냐며.

야코비 씨 주위로 사람들이 하나 둘씩 모여들었습니다. 옳거니, 나이 든 한 신사가 말했습니다. 드디어 옳은 소리를 하는 사람이 나타났군. 낙타털 코트를 입은 여자는 우산을 높이 세워 흔들어 보입니다. 동네 꼬마들이 몰려와 야코비 씨 주위를 돌며 소리쳤습니다. 맞아요, 맞아요. 야코비 씨는 말없이 자리를 떴습니다. 야코비 씨의 등 뒤로 신호등 불이 다시 바뀌었습니다.

야코비 씨는 뭔가를 찾고 있어요

야코비 씨는 뭔가를 찾고 있어요. 아주 꼼꼼히 철저하게 구석구석 뒤지고 있습니다. 처음엔 옷장부터 시작해서 책장 뒤를 살폈고, 그다음은 창고를 뒤지려고 했지만 바닥과 진열장에 모과 잼이 담긴 수백 개의 병이 쌓여 있어서 쉽지 않았습니다. 야코비 씨는 병의 뚜껑을 하나씩 열어보며 속에 무엇이 들어 있나 확인한 다음 다시 뚜껑을 닫아 새로운 자리에 쌓아 올렸습니다. 창고 문을 다시 잠그려다 열쇠 구멍 아래에서 벌레 한 마리를 발견하고는 더 살펴보지도 않고 나무칼로 쓸어내렸습니다.

부엌에서는 말린 과일 사이, 달걀 상자 아래, 그리고 빵을 보관하기 위해 모아둔 종이 봉지 속을 찾아보았습니다. 그러다 봉지 속에서 묵은 빵 부스러기를 발견하고는 정성껏 긁어모았지요. 야코비 씨는 봉지를 털어서 비워내고 다시 단정하게 접었습니다. 이제 침실로 갈 차례입니다. 야코비 씨는 난로의 열선 사이를 살펴보고, 카펫에 달린 술 장식과 매트리스 아래 침대 틀을 살펴보았습니다. 침대 다리에 쳐진 작은 거미줄에 그의 시선이 멈췄습니다. 나선형으로 감긴 철사 사이에 있어 하마터면 눈에 띄지 않을 뻔했지요. 거미줄을 치우고 나니 창밖으로 해가 기울고 있었습니다. 개똥지빠귀가 우는 소리도 들려왔습니다. 야코비 씨는 스탠드를 켜고 방 안을 뒤져봅니다.

간간이 커피를 마시기는 했습니다. 개똥지빠귀의 우는 소리가 멈춘 지도 오래되었고, 이제 야코비 씨는 욕실로 향했습니다. 분홍빛 비누를 들춰보고 전기 칫솔 사이를 뒤져보았습니다. 욕실 매트 아래엔 붉은색의 긴 머리카락과 클립이 있었고, 수건 뒤로는 기침이 나올 때 먹는 사탕이, 청소용 솔 뒤에서는 여러 개의 숫자가 적힌 쪽지가 발견되었습니다.

아침 아홉시가 되자 스텔라가 문을 열고 들어와 외투를 옷걸이에 걸어두고 창문을 열었습니다. 그러다 거실로 들어서면서 소파 아래에 나와 있는 야코비 씨의 다리를 보았습니다. 맙소사, 이건 또 무슨 일이죠? 스텔라는 야코비 씨의 다리 쪽으로 몸을 숙였습니다. 야코비 씨는 천천히 소파 밑에서 빠져나와 셔츠에 묻은 먼지를 떨어냈습니다.

스텔라는 못마땅한 표정으로 팔짱을 꼈습니다. 뭘 좀 찾고 있는 중이에요. 야코비 씨가 대답합니다. 그래서 뭘 좀 찾아내긴 한 건가요? 스텔라가 물어봅니다. 생각했던 것보다 많은 걸 찾았어요. 야코비 씨는 대답을 마친 후 벌떡 일어나 커피를 끓이기 시작했습니다.

야코비 씨와 마법의 크림

　길모퉁이 신호등 옆에서 야코비 씨는 기다란 튜브 모양의 물건을 발견했습니다. 야코비 씨는 몸을 숙여 그것을 집어 듭니다. 튜브에는 초록색 긴 줄무늬가 그려져 있고 가운데는 움푹 파여 있었습니다. 야코비 씨는 마개를 돌려 연 다음 손바닥 위에 내용물을 짜냈습니다. 그리고 냄새를 맡은 다음 분홍색 내용물을 손가락 뼈마디 사이 건조한 곳까지 펴 발랐습니다.

야코비 씨의 손은 이제 차갑고 촉촉해졌어요.

뭘 하시는 건가요? 신호등 불이 바뀌길 기다리고 있던 한 소년이 야코비 씨를 지켜보고 있다가 물어봅니다. 야코비 씨는 튜브의 마개를 돌려 닫으며 말했습니다. 튜브 마개를 닫고 있는 중이란다. 아, 그렇군요. 소년은 튜브를 뚫어져라 쳐다보며 물어봅니다. 마법의 크림인가요? 그렇단다. 야코비 씨가 대답합니다. 마법의 크림은 분홍색이고 냄새가 나지 않아. 그걸로 알아낼 수 있지. 아, 그렇군요. 소년은 신기한 듯 튜브를 쳐다봅니다.

다시 신호등이 빨간 불로 바뀌어 야코비 씨와 소년은 나란히 서 있습니다. 소년은 초조한 얼굴로 길바닥을 봅니다. 너도 한번 발라보겠니? 야코비 씨가 물어봅니다. 소년은 냉큼 두 손을 내밀었습니다. 야코비 씨는 마개를 다시 열어 소년의 왼손에 내용물을 짜내고, 오른손에는 좀더 많은 양을 짜내었습니다. 이제 어떻게 해야 돼요? 소년이 물었습니다. 이제 마법의 주문을 외면 된단다. 야코비 씨는 이 말을 남기고 길을 건넜습니다.

야코비 씨의 미적 감각

이 집은 마치 폭탄을 맞은 것 같아요. 스텔라는 흙과 먼지를 떨어내고 빵 부스러기를 쓸고 소파를 바른 위치에 놓은 후 이렇게 말했습니다. 왜 그렇게 생각하죠? 지금은 모든 게 제자리에 있잖아요. 야코비 씨가 물었습니다. 지금이야 당연히 그렇죠. 스텔라는 집을 나섰습니다. 그리고 층계를 내려가다 소리쳤지요. 당신에게선 아름다운 것이라곤 찾아볼 수 없어요.

아름다운 것이 없다고? 야코비 씨는 혼잣말을 하며 천천히 거실을 가로질러 청소용구함 쪽으로 갔습니다. 그리고 발코니로 통하는 문을 닫았습니다.

야코비 씨의 시선은 엽서가 덕지덕지 붙어 있는 냉장고를 향했습니다. 아름답잖아. 야코비 씨는 튤립 다발과 하얀 도자기 접시, 금색 촛대 사진이 인쇄된 엽서를 집어 들고 뒤에 적힌 글씨를 보았습니다. 그것은 스텔라가 야코비 씨에게 보냈던 엽서였지요. 멋진 휴가를 보내길 바라며. 야코비 씨가 소리 내어 읽었어요. 이것도 아름답기만 한데 뭘. 야코비 씨는 부엌 찬장에서 하얀 도자기 접시와 촛대, 꽃병을 꺼냈습니다. 양초는 건너편 대각선 방향에 사는 도벤브링크 아주머니에게 빌려야 했습니다. 튤립은 길모퉁이 가게에서 사와 셀로판 종이를 벗겨냈지요. 엽서를 옷장 옆 빈 벽에 붙인 다음 엽서의 그림 그대로 꾸며보았습니다. 도자기는 오후 햇살을 받아 반짝거렸습니다. 튤립은 조금 시들해 보였지만 원래 그런 거라며 마음을 달랬습니다. 그리고 튤립의 축 늘어진 아름다움을 기뻐해 주었지요.

다시 화요일이 되어 스텔라가 찾아왔을 때엔 튤립의 잎은 시들어 동그랗게 말려 있었습니다. 촛대엔 촛농이 눌어붙어 있었고요. 오, 이건 정말 요긴하게 쓰이겠어요. 스텔라는 이렇게 말하며 자전거 열쇠를 도자기 접시 위에 올려놓았습니다.

야코비 씨와 다섯 개의 트렁크

여행을 가는 것도 좋겠어. 야코비 씨는 먼 곳으로 떠나는 열차 정보를 알아보려고 기차역으로 갔습니다. 그리고 1번 선로에 있는 벤치에 앉아서 열차가 오가는 것을 보았습니다. 고속열차가 들어오며 일으킨 바람이 야코비 씨의 이마를 스쳤습니다. 승객들이 작별 인사를 나누며 열차에 올라탈 준비를 하느라 주위가 소란스러웠습니다. 짐을 챙겨오지 않았군. 야코비 씨는 다시 집으로 돌아가려 했습니다. 이때 다섯 개의 트렁크를 끌고 가는 한 남자를 보았습니다. 트렁크는 끈으로 연결된 채 두세 개씩 서로 부딪치며 남자 주위를 둘러싸고 있었습니다. 실례합니다. 괜찮으시다면 저에게 짐 하나를 맡기셔도 되는데요. 야코비 씨는 남자에게 말했습니다. 땀을 삐질삐질 흘리면서 야구 모자를 머리에 비스듬히 눌러쓴 남자는 야코비 씨를 말없이 쳐다보더니 대답했습니다. 일없소. 야코비 씨는 고맙다는 말과 함께 자리를 떠나려 했습니다. 이때 뒤에서 남자가 부르는 소리가 들렸지요. 거기, 여보쇼. 너무 언짢게 생각 마쇼. 이 가방 속엔 내 인생의 전부가 들어 있어서 그런 거니까 이해하쇼. 아, 그렇군요. 야코비 씨는 남자의 짐을 쳐다보며 물었습니다. 이 가방 속에 다 들어갈 수 있나요? 당연하지. 남자는 발끈하며 언성을 높였습니다. 여길 좀 보쇼. 남자는 제일 큰 트렁크의 뚜껑을 열어젖히려고 했습니다. 하지만 속이 너무 꽉 차서 뚜껑이 잘 열리지도 않았습니다. 남자의 아래턱에는 침이 흘렀고, 왼쪽 손목에는 잠수용 시계가 두 개나 채워져 있었습니다. 여기서 전혀 움직이지 못하겠는걸, 이 짐을 다 들고 어떻게 뒤스부르크까지 가지? 남자는 혼자 울먹였습니다.

제가 도와드리죠. 야코비 씨는 친절히 손을 내밀었습니다.
아니, 그건 안 돼. 남자는 이렇게 말하고는 뺏기기 싫다는 듯
가장 큰 가방을 꼬옥 껴안았습니다. 가방이 필요하면 직접 하
나 사면 될 거 아니오. 야코비 씨는 남자에게 즐거운 여행을
하길 바란다고 인사를 한 후 자리를 떴습니다. 야코비 씨는 재
킷 주머니 속에서 목사탕 한 개를 발견했습니다. 다른 주머니
는 텅텅 비어 있었습니다.

길을 잃은 야코비 씨

야코비 씨는 엘리베이터에서 내리면서 자신이 어디에 와 있
는지 알지 못했습니다. 야코비 씨는 칠이 벗겨진 벽을 따라 느
릿느릿 걷다가 문을 발견하고는 열어보았습니다. 열 명의 사
람들이 야코비 씨를 향해 일제히 돌아보았습니다. 안녕하세
요. 야코비 씨는 자신이 길을 잃었다고 말했습니다. 여긴 당신
이 찾아올 곳이 아닙니다. 한 남자가 말했습니다. 사람들은 미

네랄워터가 담긴 병과 목사탕이 든 봉지를 하나씩 앞에 두고 있었습니다. 누군가 푸른색 매트 위에 신발을 모아놓았습니다. 야코비 씨의 이마에 땀이 맺혔습니다. 아니면 당신도 오늘 모임에 참석하러 온 건가요? 신사는 다급해진 어투로 자리에서 반쯤 일어나 물었습니다. 옷걸이는 문 뒤 왼편에 있습니다. 여종업원이 말했습니다.

야코비 씨는 문틈으로 머리를 쑥 내밀고 왼편에 놓인 시든 벤자민 나무를 쳐다보았습니다. 벤자민 옆에는 한 부인이 오렌지 주스를 목구멍으로 들이켜고 있었습니다. 신사는 낮게 한숨을 내쉬더니 알아들을 수 없는 소리로 중얼대며 명단을 살펴보았습니다. 당신이 누구인지 알아볼 수 있도록 명찰을 달아야 합니다. 여종업원이 말했습니다. 명찰 요금은 나중에 지불하셔도 돼요. 부인이 오렌지 주스를 마저 들이켜며 말하자 모두 함께 고개를 끄덕여주었어요. 야코비 씨는 천장에 달린 수명이 다 된 전등을 쳐다보았습니다. 여긴 창문은 없나요? 야코비 씨는 조심스럽게 물어보았습니다. 어디까지 말했었죠, 누가 돈을 내기로 했나요? 이렇게 말하기가 무섭게 신사는 기침을 했습니다. 그의 얼굴은 금세 빨개졌지요. 야코비 씨는 천천히 뒤로 물러나 문을 닫았습니다. 떠나기 전에 문에 귀를 대어보았지만 아무런 소리도 듣지는 못했지요.

스텔라가 데이트를 하는 날

야코비 씨가 문을 열자 야윈 체구의 한 남자가 서 있었습니다. 그의 머리카락은 촉촉한 상태로 가지런히 빗겨져 있었지요. 그는 자신의 신발을 내려다보았고, 양손은 등 뒤에 얌전히 갖다놓고 있었습니다.

무슨 일인가요? 야코비 씨가 물었습니다. 야윈 남자는 깜짝 놀란 얼굴로 야코비 씨의 어깨 너머 누군가를 찾으려 했습니다. 누굴 찾으시죠? 야코비 씨가 물었습니다. 제가 바로 그 사람입니다. 야윈 남자가 말했습니다. 어떤 사람인데요? 야코비 씨는 침착하게 되물었습니다. 행복을 주는 사람이죠. 남자는 대답했습니다. 모험을 즐기는 사람이기도 합니다. 그러고는 남자는 말을 하지 않았습니다.

야코비 씨는 남자를 거실 쪽으로 안내하고 부엌에서 라일락 시럽을 묽게 타서 내왔습니다. 남자는 손가락으로 머리카락을 다듬고 있었지요. 그는 입술에 묻은 라일락 시럽을 핥아내며 그녀에게서 편지를 받았다고 했습니다. 이름은 스텔라였어요. 이곳에 산다고 하면서 저를 기다리겠다고 했어요. 같이 데이트를 하고 싶다며. 칼라가 목젖까지 올라오는 셔츠를 입은 남자는 꽤 더워하는 눈치였습니다. 그런 일이 없었다면 저는 데이트를 하러 오지 않았을 거예요.

시럽 좀 더 드릴까요? 남자가 생각에 잠겨 있을 때 야코비 씨가 물어보았습니다. 아뇨, 됐습니다. 그런데 스텔라는 어디에 있죠? 남자가 물었습니다. 스텔라는 화요일에만 이곳에 옵니다. 오늘은 월요일이죠. 서로를 알아볼 수 있는 표지도 준비해왔어요. 남자는 재킷 주머니에서 백합 한 송이를 꺼냈습니다. 백합의 줄기는 두 군데 꺾여 있었죠. 스텔라는 내일 올 거예요. 야코비 씨는 친절하게 알려주었습니다. 스텔라는 이곳에서 어떤 일을 하죠? 남자가 갑자기 음성을 높여 물었습니다. 그녀는…… 야코비 씨는 생각에 잠겼습니다. 이곳에서 광물을 모으고 있어요. 정말인가요? 남자는 주위를 둘러보며 광물이 어디에 모여 있는지 보고 싶어했습니다.

야코비 씨는 남자를 데리고 거실을 지나다니며 쌓인 먼지를 보여주었습니다. 그리고 옷장과 침실과 창고까지. 남자는 더 이상 땀을 흘리지 않았습니다. 내일 다시 오겠어요. 남자는 백합을 야코비 씨의 손에 쥐어주며 말했습니다.

하루가 지나 화요일이 되었지요. 스텔라는 휴지통을 깔끔히 비웠습니다. 야코비 씨는 더 많은 양의 시럽을 내와 거실 한자리에 두었지만 아무도 벨을 누르지 않았습니다. 스텔라는 먼지를 떨어낸 다음 빈 머스터드 병에 꽂힌 시든 백합을 집으며 물었습니다. 이건 어쩌다 여기에 있는 거죠? 당장 치워버리는 게 좋겠어요. 그리고 그녀는 백합의 줄기를 꺾어 발코니 아래 꽃밭으로 던져버렸습니다.

야코비 씨가 데이트하던 날

여자가 테이블에 앉아 있는 사람들을 살피며 돌아다녔습니다. 촛농이 술 뚜껑 위로 떨어지고 있었고요. 아이는 촛불에 냅킨을 태우고 있었습니다. 그러면 못써. 부인은 치즈 케이크를 떠먹으며 아이를 혼냈습니다. 빨리 예약을 해야겠어. 콧수염을 길게 기른 신사가 이렇게 말하는 동안 부인은 자신의 손톱을 쳐다보며 아래턱을 움직였습니다.

여자는 겨드랑이 사이에 일간지를 낀 채 단춧구멍에는 축 처진 장미 한 송이를 꽂고 있었습니다. 당신이 그분인가요? 여자는 창가에 앉은 한 청년에게 물었어요. 청년은 여자를 제대로 쳐다보지도 않은 채 찻잔에 티백을 담갔습니다. 여자는 홀 전체를 두리번거리다가 옷걸이 뒤에 앉아 있는 야코비 씨를 발견했어요. 예를 들어 사자 사냥도 괜찮지. 콧수염을 기른 신사가 말했습니다. 홀 안에서는 뭔가 타는 냄새가 나고 있었습니다. 여자는 일간지를 겨드랑이 사이에 꼭 끼우고 야코비 씨가 앉아 있는 자리에서 멈췄습니다.

야코비 씨는 커피를 주문해놓지 않았습니다. 그는 녹아내리는 촛농을 떼어내어 촛불 속에 다시 집어넣고 있었지요. 여자는 야코비 씨를 정면으로 쳐다보았습니다. 한 손으로는 머리카락을 가다듬으면서 말이지요. 야코비 씨는 여자를 쳐다보았고, 여자는 빈자리에 앉아 일간지를 야코비 씨에게 건넸습니다.

이제 야코비 씨는 손가락으로 촛농을 둥글게 돌돌 말았습니다. 여자는 재킷에서 한쪽 팔을 빼냈고 나머지 한쪽 팔도 빼냈습니다. 주문하시겠어요? 웨이터가 다가와 물었습니다. 와인 두 잔 주세요. 여자는 주문을 하고선 고개를 살짝 숙이더니 테이불 위에 양손을 가지런히 올려놓았습니다.

당신이 맞나요? 여자는 야코비 씨에게 물었습니다.

야코비 씨는 여자를 한 번 쳐다보더니 망설였습니다. 그러고는 둥글게 뭉친 촛농을 한쪽으로 치운 뒤 고개를 가볍게 가로젓고는 외투를 챙겨 자리를 떠났답니다.

야코비 씨는 엽서를 씁니다

오늘은 스텔라가 오지 않아. 야코비 씨는 혼잣말을 했습니다. 화요일이 되었고 집 안에는 먼지가 쌓이기 시작했지요. 야코비 씨는 직접 먼지를 닦아냈습니다. 가스레인지에 눌어붙은 우유 자국도 직접 긁어내고 신발을 신발장 속에 정돈하는 일도 해보았고요. 하지만 여전히 화요일은 지나지 않았습니다.

스텔라는 여행을 떠났습니다.

휴가를 다녀와야겠어요. 스텔라는 이렇게 말을 했었지요. 야코비 씨는 누구와 어디로 가는 무슨 목적의 여행인지 물어보았습니다. 하지만 스텔라는 아무런 대답도 하지 않았습니다. 스텔라는 보통 때처럼 먼지를 떨어내 빗자루로 모아서 쓸어 담았고, 다 식어버린 사과차를 데우고 냉장고에 썩은 음식이 없는지 살펴본 다음, 기분 좋게 인사를 하며 가버렸습니다.

야코비 씨는 냉장고 문을 열고 썩은 음식이 없나 살펴보았습니다. 우유의 유통기한은 지나버렸고 치즈에는 허연 곰팡이가 슬기 시작했습니다. 이렇게 마냥 기다리고 있을 순 없어. 야코비 씨는 집 앞 거리로 나섰습니다. 묵직한 신발을 신은 두 노인이 각자 개 한 마리씩 끌고 키오스크* 앞을 지나가고 있었습니다. 야코비 씨가 지나가자 개들은 앞발을 들고 짖으며 앞으로 나아가려고 했습니다. 노인들은 개들이 진정할 때까지 엉덩이를 눌러 바닥에 앉혔습니다.

야코비 씨는 시내에 있는 여행사 사무실 창가에 하얀 모래와 반짝거리는 조개, 챙이 넓은 모자를 쓴 게가 전시되어 있는 것을 쳐다보았습니다. 진열대 너머로 단거리 여행, 시티 투어,

---

* 거리의 간이 판매대. 소형 매점.

항공 여행, 꿈의 여행 등 다양한 여행 상품 광고가 보였지요. 스텔라가 어디로 갔는지 모르겠군. 야코비 씨는 막막해졌습니다. 누구나 자신이 얻은 휴가를 누릴 필요가 있어요. 야코비 씨의 곁에 서서 게를 쳐다보며 바지에다 손을 자꾸 문지르던 남자가 말했습니다. 그녀가 어떤 휴가를 얻은 건지 모르겠군요. 야코비 씨가 대답했습니다. 그녀가 어디로 가고 싶어했는지 그것이 문제지요. 남자가 대답했지요. 화요일마다 저를 찾아왔었는데. 야코비 씨는 스텔라에게 엽서를 한 장 써야겠다고 생각했습니다. 집으로 돌아와 우선 우유를 한 잔 따랐습니다. 늦은 오후 햇살을 받은 우유는 푸르스름한 빛을 내고 있었습니다.

야코비 씨와 성당

야코비 씨는 마음을 정화시키기 위해 성당으로 향했습니다.
고개를 숙여도 햇빛에 눈이 부신 날이었지요. 그래서 시선을
아래로 떨어뜨리고 다녀야만 했습니다. 성당의 중간층에 하프
를 켜는 남자의 조각상이 보였습니다. 그는 흐트러지지 않은
자세로 현을 뜯고 있었지요. 야코비 씨는 그가 연주하는 음악
에 한동안 귀를 기울이고 있었습니다. 그리고 몸을 숙여 신발

끈을 단단하게 묶었지요. 누군가 그 장면을 빨리감기로 돌려 본다면, 야코비 씨의 동작이 악사를 향해 절을 하는 것처럼 보였을지도 모를 일입니다.

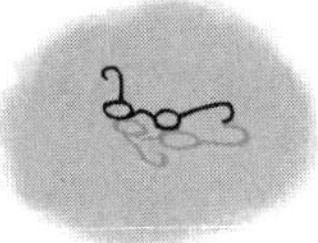

야코비 씨와 자전거

　야코비 씨에게 자전거가 생겼습니다. 어느 날 아침 문을 열어보니 자전거 한 대가 문 앞에 기대어져 있었습니다. 이끼처럼 짙은 녹색이었는데 약간 녹이 슬었고 핸들은 버펄로의 뿔 모양처럼 굽어 있었지요. 야코비 씨는 벨을 사서 핸들 위에 달았습니다. 그리고 자전거를 끌고 거리로 나섰지요. 타이어에는 공기가 충분히 들어 있었습니다. 야코비 씨는 한 손으로 안장을, 다른 한 손으로는 핸들을 잡고서 골목을 걸어다녔습니다. 야코비 씨는 자전거를 탈 줄 몰랐거든요.

저녁이 되자 야코비 씨는 새로 생긴 자전거를 어떡하면 좋을지 곰곰이 생각했습니다. 그리고 다음 날 자전거에 슨 녹을 긁어내고 체인과 페달에 기름칠을 하고, 흙받이를 닦고 안장을 바르게 앉힌 다음 브레이크를 조절하고 짐 놓는 바구니를 단단하게 묶었습니다. 나사에 기름칠도 하고 연동장치를 닦은 다음 바퀴에도 이상이 없는지 살펴보았지요.

날마다 페달을 요란하게 밟으며 자전거를 타고 다니는 브렛이 자전거를 구석구석 잘 돌봐줘야 한다고 알려줬습니다. 브렛은 살이 많이 찐 데다 호흡이 가빠 자전거를 타고 높은 곳까지 오르진 못했습니다. 대신 낮은 곳으로 내려가는 건 무척 좋아했습니다. 그런 기회가 자주 오지는 않았지만요. 브렛은 자전거를 탈 때마다 어깨를 들썩이며 머리를 왼쪽 오른쪽 번갈아 흔들고 다녔습니다.

브렛은 야코비 씨가 산책을 할 때 자전거를 타고서 따라다닌 적도 있었습니다. 야코비 씨는 늘 그렇듯 작은 보폭을 일정하게 유지하며 잰 걸음으로 다녔고, 브렛은 자전거에 올라탄 채 그 곁을 따라갔어요. 브렛은 땀을 흘렸지만 야코비 씨보다

빨리 달리지는 못했습니다. 가끔 안장에서 엉덩이를 뗀 채 거칠게 브레이크를 밟으며 자전거를 멈추기도 했습니다. 자전거에 이상이 없는지 살펴봐야 한다면서 말이에요. 야코비 씨도 자전거를 타봐요. 근육을 키워준다니까요.

브렛은 자신의 몸을 내려다보며 고개를 끄덕였습니다. 나는 자전거가 없어요. 야코비 씨의 대답은 간단했습니다. 그건 다 핑계일 뿐이에요. 브렛의 대답입니다. 나는 걸어다니는 것이 더 좋아요. 야코비 씨는 이렇게 대답하고는 다시 걷기 시작했습니다. 브렛은 한숨을 푹 내쉬며 다시 안장에 앉아 야코비 씨를 따라잡으려고 했습니다.

이제 야코비 씨에게도 이끼색의 자전거가 생겼습니다. 야코비 씨는 자전거를 타보기로 마음먹었습니다. 안장에 앉은 다음 몸을 앞으로 내밀고 페달 위에 발을 올렸습니다. 그리고 2미터 정도나 갔을까요. 자전거 앞바퀴가 옆으로 기울기 시작하자 야코비 씨는 핸들에서 손을 떼고 그대로 넘어지고 말았습니다. 자전거는 왼쪽으로, 야코비 씨는 오른쪽으로 넘어져버렸지요. 야코비 씨는 몸을 일으켜 바지에 묻은 먼지를 떨어내고 집으로 돌아와서는 브렛의 전화번호를 찾아보았습니다. 그러다 브렛의 집에는 전화가 없다는 사실을 떠올렸습니다.

야코비 씨는 집 앞에 자전거를 세워놓고 사흘마다 한 번씩 닦아주었습니다. 겨울에는 안장에 코바늘로 뜬 덮개를 씌웠습니다. 가끔 밤에 자전거를 끌고 동네 골목을 돌아보긴 했습니다.

야코비 씨는 너무 늦었어요

너무 늦었군요. 야코비 씨가 야외 수영장에 막 도착했을 때 트루디는 불평을 했습니다. 트루디는 수영을 마친 후 아이스 크림을 먹고 나서 다시 물속에 들어가 수영을 했고, 이젠 신문 을 보려던 참이었지요. 어떻게 이렇게 늦을 수가 있죠? 야코 비 씨가 마른 잔디에 앉아 신발을 벗는 동안에도 트루디는 불 평을 그치지 않았습니다. 당신은 좀더 노력해야 해요. 야코비 씨는 발가락을 움직여보고 바지 밑단을 접어 올렸습니다. 트루디는 신문을 대충 접고는 손수건을 돌돌 말기 시작했습니다. 당신은 내가 시간이 펑펑 남아돈다고 생각하나보군요. 더이상은 못 참겠어요. 저도 이보다 더 가치 있는 일을 하고 싶거든요. 야코비 씨는 트루디의 팔과 어깨가 붉게 달아오른 것을 보았습니다. 둥글게 말린 손수건에는 풀잎이 붙어 있었습니다. 자외선 차단제를 좀 발라야겠어요. 잠깐만 기다려줘요. 트루디는 선 채로 선글라스와 지갑과 카메라 필름이 든 가방을 뒤지기 시작했습니다. 야코비 씨는 발가락으로 잔디를 뜯어보았습니다. 여기 좀 앉아봐요. 야코비 씨가 말했습니다. 시계를 하나 사서 차고 다니는 것도 좋겠어요. 트루디가 말했습니다. 그들 뒤에 달려 있던 확성기에서 즈즈즈 기계음이 들리더니 쉰 목소리의 남자가 말했습니다. 트루디 부인, 트루디 부인은 출입문 쪽으로 나와주세요. 거봐요, 오늘은 너무 늦었단 말이에요. 트루디는 크게 소리를 지르고는 가방과 손수건과 신문을 챙겨 출입문 쪽으로 향해 가는 사람들 사이로 사라졌습니다.

야코비 씨는 트루디의 뒷모습을 쳐다보았습니다. 그런 다음 천천히 신발을 다시 신고서 스프링보드 쪽으로 가보았습니다.

그리고 사람들이 다이빙을 할 때마다 튀어 오르는 물세례를

맞았지요.

야코비 씨는 시골로 갔습니다

시골에서 지내보는 것도 좋겠어요. 도시 바깥으로 나가 깨끗한 공기를 마셔보면 좋습니다. 그렇지 않으면 몸이 무척 쇠약해질 거예요. 의사는 야코비 씨에게 말했습니다. 안색이 노랗군요. 당신에게 이런 말을 해준 사람이 아무도 없었나요? 네, 없었습니다. 야코비 씨는 양손을 볼에 댄 채 집으로 돌아왔습니다. 그리고 지도를 펼쳐 흙이 많은 곳을 찾아보았습니다. 그러다 룬티겐이라는 시골 마을을 찾아냈고, 바로 다음 날 그곳으로 떠나기로 마음먹었지요.

　최소한의 짐을 챙겨 룬티겐으로 가는 시외버스에 몸을 실었습니다. 대각선 방향으로 은색 바지에 장식이 많이 달린 구두를 신은 아가씨가 앉아 있었습니다. 야코비 씨가 생각했던 시골 아가씨의 모습과는 사뭇 달랐지요. 왼편 뒷자리에서 누군가의 숨소리가 크게 들려왔습니다. 하지만 야코비 씨는 뒤돌아보지 않았습니다. 버스 운전사는 담배에 불을 붙이더니 비흡연자는 모두 차에서 내려달라고 큰 소리로 외쳤습니다. 야코비 씨는 버스에서 내려야 할지 말지 생각하다가 창 너머로 넓게 펼쳐진 사탕수수밭을 보았습니다. 지평선에는 비료가 잔뜩 쌓여 있었어요. 버스가 시멘트로 된 모퉁이를 돌 때 야코비 씨는 그만 차창에 머리를 부딪히고 말았습니다. 버스 운전사는 “룬티겐입니다!”라고 외치며 문을 연 다음 재킷에서 다시 담배를 꺼내 물었어요. 룬티겐이야. 야코비 씨는 황급히 가방을 챙겨 버스에서 내렸습니다. 대각선 방향에 앉았던 아가씨도 버스에서 내리더니 서둘러 어디론가 걸어갔습니다. 은색 바지가 젖은 것처럼 보이기도 했어요. 버스 운전사는 신발끈을 묶고 판초 모양 외투의 단추를 잠근 다음 마을을 향해 걸어가는 야코비 씨를 쳐다보았습니다. 하늘은 노란빛을 띠고 있었지요. '룬티겐은 당신을 환영합니다'라고 적힌 나무 푯말이 보였습니다. 글자는 모두 손으로 직접 새겨넣은 것처럼 보였지요. 야코비 씨는 고개를 한 번 끄덕인 다음 지나가는 사람이 없나 찾아보았습니다.

길가에 보이는 집에는 자그마한 정원도 없었고 돌층계도 보이지 않았습니다. 우편함 옆에는 노란 플라스틱으로 만든 쓰레기통이 세워져 있었고요. 지나가는 사람은 아무도 없었지요. 야코비 씨는 가방을 꼭 껴안은 채 길을 따라 걸었습니다. 가다보면 마을이 나타날 거야. 대체 사람들은 어디에서 물건을 사는 걸까. 야코비 씨는 큰 소리로 혼잣말을 해보았습니다. 그때 건너편 길에서 한 여자가 곱게 꾸며진 조랑말을 끌고 비닐봉지 두 개를 들고 걸어갔습니다.

실례합니다. 어디에서 물건을 사신 건가요? 야코비 씨는 물어보았습니다. 뭐라고요? 여자는 비닐봉지를 내려놓으며 물었습니다. 지금 어디에서 물건을 사고 오시냐고요. 그게 당신과 무슨 상관이 있죠? 여자는 조랑말을 한 번 쓰다듬고는 다시 비닐봉지를 들고 가버렸습니다. 야코비 씨는 여자의 뒷모습을 쳐다보았습니다. 오른손에 든 봉지는 걸을 때마다 여자의 종아리에 부딪혔습니다. 다음 교차로를 지났을 때 작은 슈퍼마켓 앞에 감자와 정원용 비료가 쌓여 있는 것을 발견했습니다. 야코비 씨는 슈퍼마켓의 문을 밀고 들어가 그날의 할인 상품을 찾아보았지요. 스페인 산 와인, 돼지 뒷다리, 가축 먹이. 그곳에서 은색 바지를 입은 아가씨와 다시 마주쳤습니다. 아가씨는 신문을 넘겨보고 있었습니다. 여기에 며칠 지낼 만한 곳이 있을까? 야코비 씨는 쇼핑 카트를 밀고 지나가는 한 소년에게 물었습니다. 여관 같은 곳 말이야. 며칠 휴가를 즐기다 가고 싶은데.

여기서 휴가를 보낸다고요? 저희 부모님은 카나리 섬* 같은 곳에서 휴가를 보내는데요. 아, 그렇구나. 야코비 씨가 말했습니다. 게다가 꼭 호텔에서만 묵으려고 하세요. 소년이 말했습니다. 듣기만 해도 근사하구나. 야코비 씨가 말했습니다. 부모님은 내일모레 여행을 떠난다고 하셨어요. 비수기라 정말 무척 아주 많이 싸다고 했어요. 소년은 말했습니다. 너는 같이 안 가니? 야코비 씨가 물었습니다. 저는 여기 남아 있어야 한다고 하셨어요. 수학 시험에서 만점을 받아야 하니까요. 하지

---

* 아프리카 북서부 부근에 있는 에스파냐 령의 섬.

만 언젠가는 데려가주실 거예요. 소년이 말했습니다. 그렇구나. 그럼 공부를 열심히 하렴. 야코비 씨는 이렇게 말한 후 길 건너에 있는 구두 가게로 갔습니다. 창틀에는 이끼가 끼어 있었고 가게 앞 연못에는 신발이 둥둥 떠다니고 있었습니다. 야코비 씨는 가게로 들어가 근처에 여관이 있는지 물어보았지요. 렙스톡 씨 집으로 가보세요. 점원은 건너편 길가의 황토색 집을 가리켰습니다. 그리로 가면 방을 구할 수 있나요? 야코비 씨가 물었습니다. 확실하진 않아요. 점원은 말했습니다.

야코비 씨는 구두끈을 산 다음 렙스톡 씨 여관으로 찾아갔습니다. 벨을 누르고 기다리다가 다시 벨을 누르고 문을 두드렸지요. 네 걸음 정도 뒤로 물러나서 위를 올려다보았습니다. 커튼 뒤로 어떤 사람의 얼굴이 나타났습니다. 야코비 씨는 손을 흔들었습니다. 그런데 커튼 뒤의 얼굴은 창백하게 얼어버렸습니다. 야코비 씨는 다시 가방을 어깨에 매고서 천천히 길모퉁이를 돌았습니다.

야코비 씨와 생활의 물건

  야코비 씨는 지금껏 모아왔던 물건들을 다 처분하기로 작심했습니다. 크고 단단한 상자 열 개를 구해와서 거실 한가운데 놓은 다음, 모든 물건을 그 속에 집어넣기 시작했습니다. 모아 왔던 돌과 찌그러진 보온병, 베개와 붉은색 실크 쿠션, 제법 쌓인 잡지와 제라늄을 심을 수도 있는 빵 굽는 틀. 서랍에서 찾아낸 잡지와 서류, 온갖 영수증과 증명서를 담았더니 상자

두 개가 가득 채워졌습니다. 야코비 씨는 양손을 문지르며 주위를 둘러보았습니다. 아직도 거실은 물건으로 가득 차 있었지요. 야코비 씨는 벽에 달린 독서용 스탠드를 떼어냈고 신발장에서 슬리퍼를 꺼내왔습니다. 창틀에 놓인 해마 인형을 가져왔고 발코니에 세워져 있던 이끼색 자전거를 분해했지요. 그렇게 상자는 하나씩 채워져갔습니다. 어느새 바깥은 어두워지기 시작했고, 하늘은 황토색으로 바뀌고 있었습니다. 야코비 씨는 창문에 비친 자신의 모습을 볼 수 있었습니다. 창문에 달려 있던 커튼도 이미 떼어버렸으니까요. 그리고 마지막 남은 상자까지 가득 채워버렸지요. 야코비 씨는 잠시 생각에 잠긴 듯 불 켜진 방 안을 돌아다니며 구석구석 살펴보았습니다.

누군가 거칠게 문을 두드렸습니다. 야코비 씨가 문을 열자 고르고가 황급히 들이닥쳐 부엌으로 뛰어갔습니다. 맥주 있나? 목이 말라 죽을 것 같아. 고르고는 다급하게 소리쳤습니다. 야코비 씨는 현관에 가만히 서 있었습니다. 잔은 어디 있나? 고르고가 진열장 문을 거칠게 여는 소리가 들렸습니다. 마른 안주는 찾을 수가 없군. 야코비 씨는 고개를 가로저었습니다. 자네 이사라도 할 작정인가? 쓸 만한 물건이라곤 하나도 찾을 수가 없어. 고르고는 거실로 뛰쳐나와 소란을 피웠습니다. 자네가 애지중지하던 돌은 다 어디 있나? 자네 물건이 하나도 안 보이잖아. 꼭 텅 빈 대기실처럼 보이는군. 정말이야. 그는 코를 킁킁대며 방 안 곳곳을 살피고 다녔습니다. 쌓아놓은 상자를 발로 툭툭 차보고는 말했지요. 텅텅 비었군. 자네 이렇게 지내다 불편해지면 그냥 나를 찾아오게. 야코비 씨는 여전히 현관에 선 채 움직이지 않았습니다. 나는 뢰벤 호프에 갈 걸세. 가고 싶으면 같이 가도 좋아. 고르고는 문을 닫고 다시 나가버렸습니다.

야코비 씨는 고르고가 계단을 내려가는 발소리를 들었습니다. 그리고 부엌 개수대에 기대어 하늘을 보다가 허옇게 비어 있는 벽을 보았습니다.

야코비 씨는 늘 쓰던 푸른색 찻잔을 찾아보았지만 찻잔은 늘 있던 자리에 있지 않았습니다. 갑자기 찻잔을 신문지에 싼 채로 돌 위에 얹어둔 게 기억났습니다. 야코비 씨는 한숨을 내쉬며 발코니로 나가 맨 위에 쌓아 올린 상자를 열어보았습니다.

야코비 씨와 한 아이

야코비 씨는 공원 벤치에 앉아 있었습니다. 풀밭에선 아이들이 뛰어놀고 있었지요. 아이들은 낡은 상자를 발로 차며 소리를 지르고 다녔습니다. 그런데 한 아이가 양손을 주머니에 찔러 넣고 서 있었습니다. 아이는 주위를 두리번거리다가 천천히 벤치가 있는 곳으로 다가왔지요. 아이는 야코비 씨를 쳐다보지 않았습니다. 아이는 왼발로 얼음 조각을 차버렸고, 그 사이 다른 아이들은 상자를 납작하게 만들어버렸습니다. 아이는 야코비 씨를 힐끗 쳐다보더니 신발로 모래를 파헤치기 시작했습니다. 야코비 씨는 헛기침을 하고 눈 주위를 비볐습니다. 피곤하세요? 아이가 물었습니다. 잠을 잘 못 잤단다. 야코비 씨가 말했습니다. 밤마다 자전거를 끌고 산책을 해야 하거든. 아, 그렇군요. 아이는 야코비 씨를 물끄러미 쳐다보았습니다. 그리고 다시 모래를 파헤치며 생각에 잠긴 듯하더니 다시 질문을 했습니다. 자전거를 탈 줄 모르세요? 탈 줄 모른단다. 야코비 씨는 대답했습니다. 제 친구들은 전부 자전거를 탈 줄 아는데. 아이가 말했습니다. 물론 그렇겠지. 야코비 씨가 말했습니다. 아이는 야코비 씨를 보며 말했습니다. 아저씨는 이상해요. 정말 이상해요.

다른 아이들은 뜯겨진 상자 조각을 던지고 받으며 신나게 놀았습니다. 보여드릴 게 있어요. 아이는 이렇게 말하고선 뒤도 돌아보지 않고 곧장 달려갔습니다. 야코비 씨는 자리에서 일어나 바지 주름을 펴고는 아이를 뒤따라갔습니다. 덤불을 지나 바비큐 시설이 있는 공터의 휴지통 옆 덤불 속으로 들어갔지요. 기다려보세요. 야코비 씨는 보이젠베리* 줄기를 옆으로 젖혔습니다. 장소를 정확히 알고 있어야만 해요. 그렇지 않으면 절대로 찾을 수 없어요. 뭘 못 찾는다는 거니? 야코비 씨가 물어보았습니다. 보물 말이에요. 아이가 대답했습니다. 아이는 쐐기풀 틈에서 신발 상자를 꺼내와 야코비 씨의 발 앞에 놓았습니다. 다른 아이들은 전혀 몰라요. 아이가 말했습니다. 야코비 씨는 상자 속에서 잠수용 시계와 플라스틱으로 된 모형 헬리콥터, 금색 볼펜, 찢어진 영화 티켓 두 장, 고무로 만든 도마뱀, 가짜 진주 네 개를 찾아냈습니다. 정말 근사하구나. 나도 보여줄 것이 있단다. 야코비 씨는 주머니 속에서 은색 지퍼를 꺼내 아이에게 보여주었습니다. 멀리서 소리 지르는 아이들의 목소리가 들려왔습니다. 아이는 아무 말 없이 지퍼를 받아 들고 조심스럽게 내려다보았습니다. 그리고 모든 물건을 상자 속에 다시 넣은 다음 쐐기풀 사이로 상자를 밀어넣었습니다. 다른 사람에게 말하면 큰일나요. 아이는 겁을 주듯 말하고는 사라져버렸습니다.

야코비 씨는 느린 걸음으로 풀밭 벤치가 있는 자리로 걸어갔습니다. 뒤를 한 번 돌아보았지만 덤불 사이 상자가 묻혀 있는 자리는 다시 찾아낼 수 없었습니다.

---

* boysenberry. 딸기과의 교배종.

야코비 씨와 책

야코비 씨는 지금껏 모아왔던 책들을 크기에 따라 분류해보았습니다. 세계지도, 미술책, 요리책, 성경, 여행서, 추리소설, 시집. 그러고는 갑자기 모든 책을 책장에서 끄집어내 마구 뒤섞은 다음 표지 장정에 따라 분류해보았습니다. 가죽 장정, 하드커버, 페이퍼백, 풀로 붙인 책. 이제 야코비 씨는 책장에 꽂힌 책들의 등을 검지로 쭉 훑으며 걸어보았습니다. 보기 좋게 잘 정돈된 책장을 보니 기뻤습니다.

여기 있는 책들을 다 읽은 건가요? 스텔라가 물었습니다. 그렇진 않아요. 야코비 씨는 태연스럽게 대답하고는 책 한 권을 꺼내 이리저리 넘겨보았습니다. 그리고 그 책을 있던 자리에 꽂은 후 스텔라에게 말했습니다. 내일은 표지 색깔에 따라 정리해봐야겠어요.

야코비 씨가 빵을 만들던 날

야코비 씨는 빵을 만들었습니다. 매일 아침 7시 10분이 되면 야코비 씨는 자리에서 일어나 물 빠진 파란색 가운을 걸치고 맨발로 부엌으로 갔습니다. 야코비 씨의 눈은 밀가루에 물과 콩을 섞는 순간에야 제대로 떠졌습니다. 야코비 씨는 반죽으로 작은 덩어리를 만들어 가운데에 십자 모양을 새겨넣고 오븐에 넣었습니다. 그리고 얼굴에 물을 끼얹은 다음 신문을 가져왔지요. 빵 익는 냄새가 오븐에서 스며 나와 벽을 타고 올라갔습니다. 야코비 씨는 빵을 꺼내 식탁에 올려놓고 코를 갖다 대어보았습니다. 빵이 호박색으로 구워졌네요. 야코비 씨는 언제나 그랬듯이 칼질을 하기 전에 잠시 멈칫거리다 빵 한 조각을 썰었습니다.

도대체 뭘 하고 있는 거지? 야코비 씨를 찾아온 루도는 속으로 생각했습니다. 도대체 저게 뭐야? 루도는 2주 동안 소파에서 잠을 자며 지내왔기에 늘 어깨뼈가 아팠습니다. 매일 아침 7시 10분 야코비 씨가 일어나 빵을 굽는 시간에 그는 눈을 떴습니다. 대체 이게 뭐야? 루도는 어깨를 이리저리 움직이면서 생각했습니다. 빵집에 가서 빵을 사오면 되잖아. 난 좀더 잠을 자고 싶다고. 그는 다시 소파에 머리를 처박고 엎드렸습니다. 빵 굽는 냄새가 커튼 뒤와 식탁 아래로, 그리고 소파 다리 사이까지 스며들 때까지 말입니다. 아, 나는 너무 피곤하단 말이야. 루도는 양말을 신고 야코비 씨가 있는 부엌으로 가면서 혼잣말을 했습니다. 야코비 씨는 빵에 코를 대고 냄새를 맡아보고 있었지요. 나를 위해서라면 이러지 않아도 되네. 루도가 말했습니다. 그런데 야코비 씨는 그의 말을 듣지 못한 것 같았습니다. 왜 이렇게 하는지 이해를 못 하겠단 말일세. 루도는 커피메이커를 켜면서 말했습니다. 뜨거운 빵은 위에 좋지도 않은데 말이야. 커피도 마찬가지야. 야코비 씨는 짧게 대꾸하며 루도에게 버터를 얹은 빵 한 조각을 건넸습니다.

지난 2주 동안 루도는 매일 아침 야코비 씨가 직접 구운 빵을 먹으며 하루를 시작했습니다. 작별 선물로 루도는 상자 하나를 가져왔습니다. 이게 뭔가? 야코비 씨가 물었습니다. 재워줘서 고맙다는 뜻에서 준비한 걸세. 루도가 말했습니다. 그리고 늘 혼자 지낼 것이 아니라면 소파를 다시 손질하는 것이 좋겠어. 야코비 씨는 상자를 창고에 넣어두려고 했습니다. 속에 뭐가 들었는지 한번 보게나. 싸구려가 아니야. 야코비 씨는 손톱으로 테이프를 뜯어내어 상자 속에서 기계 하나를 꺼냈습니다. 이 위에 가루를 집어넣으면 돼. 이스트와 모든 재료를 한 번에 다 넣기만 하면 되니까 간단한 거야. 그러면 여기 아래로 빵이 나온다더군. 루도는 흐뭇한 듯 미소를 지었습니다. 이것만 있으면 30분 더 잠을 잘 수 있지. 야코비 씨는 아무 말도 하지 않았습니다. 어떤가? 루도가 물었습니다. 그래, 정말 좋군. 야코비 씨가 대답했습니다. 그럼 이제 가봐야겠네. 늙은 소년, 잘 지내고 있게. 야코비 씨는 루도가 떠나자 문을 닫으며 한숨을 한 번 내쉬고는 기계를 창고에 갖다놓았습니다.

그리고 다음 날 아침에도 야코비 씨는 7시 10분에 자리에서 일어났습니다.

야코비 씨와 우산

비가 내리면 야코비 씨는 밖으로 나가길 좋아했습니다. 옷 깃은 위로 세우고 어깨를 앞으로 수그린 채 다녔지요. 스텔라가 화려한 초록색 우산을 선물했는데 켤 때마다 퍽퍽 소리를 내며 크게 펼쳐지는 우산이었습니다. 야코비 씨는 우산을 쓰고 빗속을 지나가려고 했습니다. 빗방울이 우산에 떨어지는 소리가 마치 플라스틱 뚜껑을 손가락으로 두들기는 소리처럼 들렸습니다. 야코비 씨는 그 소리를 들을 때마다 오싹해지는 걸 느꼈지요. 나뭇가지가 우산을 긁을 때 야코비 씨는 손에서 우산을 놓쳐버릴 뻔했습니다. 맞은편에서 오는 사람들은 우산을 앞으로 숙인 채 가던 방향으로만 가려고 했습니다. 야코비 씨의 우산은 옆으로 밀리다가 비에 젖은 거리로 내동댕이쳐졌습니다. 얼마 후 야코비 씨는 접힌 우산을 버스 정류장 휴지통 옆에 두고 와버렸습니다.

그 우산은 빗속에서 화려한 초록색으로 반짝거렸지요. 야코비 씨는 모퉁이를 돌기 전에 뒤를 돌아보았습니다. 머리가 흠뻑 젖은 마른 체구의 여자가 쇼핑백을 양손에 들고 천천히 버스 정류장으로 걸어가고 있었습니다. 야코비 씨는 가만히 지켜보았습니다. 여자는 쇼핑백을 바닥에 내려놓고 머리에서 물기를 짜냈습니다. 쇼핑백 하나는 웅덩이 한가운데 놓여 있었지요.

야코비 씨는 멀리서 버스가 오는 것을 보았습니다. 버스가 천천히 멈춰 서고 있었지요. 버스가 다시 출발했을 때에도 여자는 그 자리에 있었습니다. 여자는 양손을 주머니에 넣은 채 고개를 푹 숙이고 있었지요. 한쪽 다리로 쇼핑백이 넘어지지 않게 받치고 있었습니다. 그러다 여자는 우산을 발견했나봅니다.

주머니에서 손을 꺼내더니 우산이 있는 쪽으로 갔습니다. 그러고는 주위를 둘러보았지요. 이때 야코비 씨와 여자 사이로 유조차가 끼어들었고, 차가 지나간 다음엔 여자는 우산을 펼쳐 쓰고 있었습니다. 야코비 씨는 여자의 얼굴이 우산의 초록빛을 받아 반짝이는 것을 보았습니다. 비를 맞지 않게 되자 여자의 얼굴이 갑자기 환해졌어요. 여자는 천천히 걷기 시작했습니다, 정류장에 둔 가방은 점점 더 물에 잠기고 있었습니다.

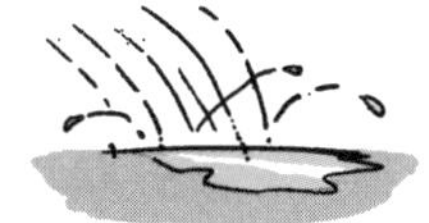

야코비 씨와 다리미

오늘도 아마 정신없이 돌아가겠지? 프리다는 아침에 눈을
뜨며 생각했습니다. 프리다, 오늘은 정말 정신없이 바쁠 거야.
손호펜 여사가 층계 위에서 소리쳤습니다. 프리다는 다림질용
앞치마를 둘렀습니다. 그다음 손호펜 씨의 셔츠를 펼쳐놓고
물을 뿌렸습니다. 그리고 다리미 속에 벌겋게 달아오른 석탄
을 채운 다음 셔츠의 깃을 다림질했습니다.

전부 챙겨서 자루 속에 집어넣어. 손호펜 씨가 외쳤습니다. 전부 말인가요? 톰이 물었습니다. 그래, 전부. 손호펜 씨가 말했습니다. 큰 오렌지도 챙겨 넣어. 여기 이것도 넣어야 하나요? 톰이 양손으로 다리미를 들고 물었습니다. 그럼 안 넣겠다는 말인가? 손호펜 씨가 되물었습니다. 이런 건 헐값에 팔아넘기는 편이 나아요. 톰이 말했습니다. 디터 씨가 어디선가 작고 노란 주머니를 찾아와서 층계 위에 놓았습니다. 헐값에 팔아넘길 건 여기에 담아요. 그의 말소리가 집 안 가득 울렸습니다. 톰이 다리미를 들고 와서 노란 주머니 속에 집어넣자 이번엔 더 큰 소리가 울렸습니다. 좀 조심해서 다뤄주게. 손호펜 씨가 고함을 질렀습니다.

여기 아주 특별한 물건이 있습니다. 장사꾼은 시가가 든 상자를 건네며 말했습니다. 그건 싫어요. 고르고는 처음부터 이런 식으로 장사꾼의 말문을 막으려 했습니다. 어떤 물건을 찾으시나요? 장사꾼이 물었습니다. 글쎄요. 고르고가 대답했습니다. 발코니에 놓을 만한 물건은 어떠세요? 이렇게 말한 다음 장사꾼은 진열장에 놓여 있던 무거운 구식 다리미를 가져왔습니다. 손잡이는 나무로 되어 있었고 양쪽엔 구멍이 나 있었지요. 화분으로 써도 괜찮을 겁니다. 장사꾼이 말했습니다.

그는 꽃을 키우지 않아요. 고르고는 퉁명스레 대꾸하며 다리미를 사겠다고 했습니다.

고르고는 야코비 씨네 집 벨을 눌렀습니다. 자네에게 빚진 게 있어서 말이야. 이렇게 말하며 포장된 다리미를 야코비 씨의 품에 안겨줬습니다. 야코비 씨는 고맙다는 인사를 했습니다. 이제야 속이 후련하군, 그럼 난 가겠네. 고르고는 다리미를 안고 있는 야코비 씨를 남겨둔 채 계단을 내려갔습니다. 야코비 씨는 거실로 돌아와 포장지를 뜯어 식탁 위에 다리미를 놓았습니다. 크기가 엄청난 것이었지요.

화요일에 스텔라가 와서는 부엌에서 다리미를 발견했습니다. 전기선이 안 달려 있어요. 스텔라는 다리미에 나 있는 구멍을 만져보았습니다. 나도 알아요. 그냥 거기 그대로 둬요. 야코비 씨는 아침을 먹을 때마다 다리미를 신문 받침대로 활용했답니다.

야코비 씨의 크리스마스 파티

야코비 씨를 초대해야겠어요. 정말 뜻 깊은 시간이 될 거예요. 트루디가 말했습니다. 누가 그 사람과 이야기를 나누겠소? 게르하르트가 말했습니다. 야코비 씨는 여기 소파에 앉아서 배부르게 먹기만 하면 돼요. 트루디가 말했습니다. 그는 거지가 아니오. 게르하르트가 말했습니다. 크리스마스이브에 트루디의 집으로 야코비 씨가 찾아왔습니다. 야코비 씨는 말쑥한

정장 차림을 한 채 큼지막한 별 장식을 가져왔지요. 메리 크리스마스! 그는 인사를 하며 별 장식을 건넸습니다. 트루디는 아직 집에서 입던 차림으로 칠면조 요리를 준비하던 중이었습니다. 세 시간이나 일찍 왔군요. 트루디가 말했습니다. 와줘서 기뻐요. 트루디는 야코비 씨의 왼쪽 볼에 키스를 하며 그를 텔레비전 앞에 앉혔습니다. 야코비 씨는 도자기로 만든 두 마리 고양이 장식 옆에 별을 세워두고 소파에 앉았습니다.

게르하르트는 크리스마스트리로 쓸 나무를 베고 있었습니다. 트루디는 칠면조 고기를 오븐 속에 넣었습니다. 내 넥타이는 어디 있소? 게르하르트가 물었습니다. 반짝이 장식이 없는 넥타이는 절대 안 돼요. 트루디가 말했습니다. 야코비 씨는 조용히 소파에 앉아 있었습니다. 왜 아무런 말을 안 하는 거지? 게르하르트가 트루디에게 낮은 소리로 물었습니다. 좀 있으면 나아질 거예요. 같이 노래를 부르면 좋겠어요. 트루디가 말했습니다.

트루디는 위층으로 가서 크리스마스에 입는 옷으로 갈아입었습니다. 어제 미리 다려놓아서 다행이에요. 게르하르트에게 속삭이며 붉은색 블라우스를 치마 속에 단정히 넣었습니다. 정장을 입고 올 줄은 몰랐어. 게르하르트가 말했습니다. 갈색은 매지 말아요. 트루디가 말했습니다. 예수도 넥타이를 매진 않았는데. 게르하르트가 말했습니다. 그때는 아기였으니까요. 트루디가 나무라듯 말했습니다.

야코비 씨는 크리스마스트리를 장식하고 초에 불을 붙이며 시간을 보냈습니다. 금색 천사를 거실에 매달아놓았지요. 그리고 마르지판 쿠키*를 먹었습니다.

야코비 씨에게 줄 선물은 어디 있죠? 트루디가 물었습니다. 그는 우리에게 선물을 사오지 않았잖아. 게르하르트가 말했습니다. 별 장식이 있잖아요. 도대체 오늘 왜 이래요? 트루디가 이해할 수 없다는 듯 말했습니다. 그런데 아래층은 왜 이렇게 조용한 거야? 도대체 뭘 하고 있는 거지? 게르하르트가 말했습니다.

그들은 계단을 내려가보았습니다. 저것 봐요. 크리스마스트리를 멋지게 장식해놓았어요. 근데 야코비 씨는 어디로 갔죠?

게르하르트는 거실을 둘러보며 야코비 씨를 찾아보았습니다. 그러다 정원에 나가 있는 야코비 씨를 보았습니다. 칠면조 요리가 다 식어버렸어요! 트루디의 목소리가 크게 들려왔습니

---

* Marzipan. 아몬드 가루, 설탕, 달걀 흰자로 만든 페이스트나 과자.

다. 야코비 씨는 크리스마스트리에 새 장식을 달고 있었습니다. 저게 다 어디서 생긴 거지? 게르하르트가 물었습니다. 뭐라고 말하는지 잘 안 들려요! 트루디가 소리를 질렀습니다. 야코비 씨는 집 안을 쳐다보며 게르하르트를 향해 손을 흔들어 보였습니다. 나는 여기 있어요! 야코비 씨의 목소리가 집 안으로 크게 들려왔습니다.

야코비 씨와 돌멩이

야코비 씨는 길 한가운데에서 돌멩이 하나를 발견했습니다. 모래 빛을 띠고 각이 진 돌멩이였지요. 야코비 씨는 돌멩이를 집어 들고 손으로 무게를 가늠해보았습니다. 돌멩이에서 보드라운 털 같은 감촉이 느껴졌습니다. 보드라운 털처럼 느껴지는 돌멩이야. 야코비 씨는 크게 혼잣말을 했습니다. 야코비 씨 옆을 막 지나가던 한 부인이 걸음을 멈추고 물었습니다. 알고 계시나요? 뭘 아느냐는 말씀이시죠? 야코비 씨가 되물었습니다. 어떤 종류의 돌멩이가 있는지 말이에요. 부인은 핸드백 속을 뒤지며 뭔가를 찾으려 했습니다. 도대체 어디에 있담. 부인이 주저앉아 가방을 뒤집자 물건들이 와르르 쏟아져나왔습니다. 빗, 사탕, 립스틱, 그리고 돌멩이들이 나왔습니다.

자, 보세요. 부인은 치마를 무릎 위까지 올리며 돌멩이를 집어 들었습니다. 당신이 주운 돌이 털처럼 보드라웠다면, 여기 이걸 만져보세요. 야코비 씨는 푸른빛의 돌멩이를 만져보았습니다. 부인은 투명하고 둥근 돌과 달빛이 나는 돌, 물방울 모양의 돌, 구멍이 나 있는 돌을 보여주며 이런 것을 본 적이 있는지 물었습니다.

야코비 씨와 부인은 고개를 푹 숙인 채 길바닥에 놓인 돌을 구경했습니다. 부인의 코 위에 물방울 하나가 떨어졌습니다. 가로등에는 불이 들어왔지요. 산책을 하던 남자가 수염을 만지며 그들 옆을 지나갔습니다.

당신이 주운 돌은 정말 유난히 보드랍군요. 부인은 야코비 씨의 모래 빛 돌을 손가락으로 쓰다듬으며 말했습니다. 그리고 콧등에 떨어진 물을 닦아내며 돌과 립스틱, 사탕과 빗을 다시 핸드백 속에 집어넣었습니다. 야코비 씨도 일어나 바지에

잡힌 주름을 폈습니다. 이걸 제가 선물하겠어요. 야코비 씨는
모래 빛 돌을 부인에게 건넸습니다. 부인은 고개를 살짝 숙여
인사를 하고는 핸드백 속에 돌을 집어넣었습니다. 하지만 부
인의 핸드백 속에는 더이상 돌이 들어갈 자리가 없었습니다.
부인은 채 닫히지 않은 핸드백을 껴안고는 걸어갔습니다. 부
인의 불룩해진 핸드백이 가로등에 비치고 있었습니다.

야코비 씨와 보트

야코비 씨는 노 젓는 보트를 대여했습니다. 보트의 겉에는 노란색 줄이 쳐져 있고 안에는 물이 고여 있었습니다. 야코비 씨는 신발과 양말을 벗고 양쪽 발을 물이 고인 곳에 놓은 다음 뒤편으로 노를 저었습니다. 수련과 헤엄치는 오리들 사이를 떠다니던 빈 깡통이 야코비 씨 보트의 노와 부딪칠 때마다 요

란한 소리를 냈습니다. 해는 구름에 가려져 있었습니다. 야코비 씨는 노 젓기를 멈추고 양손을 무릎에 얹어보았습니다. 선착장에서 아이들이 소리 지르는 것이 보였습니다.

야코비 씨는 두 번 생각하지 않고서 왼쪽 노를 떼내어 코냑빛의 물 위로 떠내려가게 했습니다. 오른쪽 노도 연이어 던져버렸지요. 이제 됐군. 야코비 씨는 다시 양손을 무릎 위에 얹은 채 눈을 감아보았습니다. 한 시간쯤 지나니 선착장이 가까워지고 있었습니다. 보트 관리인은 야코비 씨를 향해 손을 흔들었습니다. 야코비 씨는 어깨를 한 번 들썩여 보았습니다. 보트 관리자가 호루라기를 불었고, 야코비 씨는 그 소리가 호수 위로 엷게 퍼지는 것을 들었습니다. 그리고 다시 어깨를 움츠려보았지요.

시간이 조금 지나자 보트 관리자는 다른 보트에 올라타 열심히 노를 젓기 시작했습니다. 야코비 씨는 눈을 감은 채 빈 깡통이 물속에서 가볍게 부딪치는 소리를 들었습니다.

야코비 씨가 샴페인을 마신 날

야코비 씨는 하얀 테이블에 앉아 샴페인을 마셨습니다. 잔을 위로 들어 올려 연두빛 거품이 이는 것을 보았습니다. 그리고 다른 사람들의 얼굴을 보았지요. 야코비 씨가 아는 사람은 아무도 없었습니다.

야코비 씨가 왼쪽 신발끈을 묶으려고 섰을 때 누군가 들어오라고 손짓을 했습니다. 몸을 숙이고 있었더니 피가 머리로 몰리는 것 같았습니다. 그때 창문을 통해 누군가 야코비 씨를 불렀습니다. 이봐요! 여기 들어와서 함께 파티를 합시다. 야코비 씨가 홀에 들어섰을 때 아무도 야코비 씨를 쳐다보지 않았습니다. 사람들은 자신의 손만 내려다보거나 낮은 목소리로 옆 사람과 대화를 나누었습니다. 야코비 씨는 아무도 방해하고 싶지 않았기에 구석진 곳에 놓인 테이블에 앉아 누군가 놓고 간 샴페인을 마셨습니다.

어느새 술기운이 오르기 시작했습니다. 야코비 씨는 목도리를 풀고 외투 단추를 끌렀습니다. 한 여자가 잠든 아이를 무릎에 앉혀 안고 있었지요. 여자의 블라우스에 아이의 침이 떨어졌습니다. 야코비 씨를 불러들인 그 남자는 갑자기 의자를 뒤로 빼고 테이블을 붙잡고 서더니 불안한 음정으로 노래를 부르기 시작했습니다. 몇몇 사람들은 빙긋 웃어 보였고, 잠들었던 아이는 깨어나 울음을 터뜨렸습니다.

야코비 씨는 눈을 감은 채 샴페인이 위 속으로 내려가는 것을 느껴보았습니다. 그리고 머리를 테이블에 갖다 댔습니다. 이곳에선 마음껏 쉬어도 좋아요. 누군가 뒤에서 속삭이는 소리가 들렸습니다. 아이가 우는 소리와 숨도 쉬지 않고 불러대는 노랫소리가 홀 안에 울려 퍼지고 있었지만요.

야코비 씨는 숲으로 갔습니다

어느 날 야코비 씨는 사람들과 어울려 사는 것에 싫증이 났습니다. 전철 안에선 사람들이 기침을 하다 야코비 씨의 목에 침을 튀겼고, 슈퍼마켓에 가면 빵은 다 팔리고 남아 있지 않았습니다. 극장에 가서 앉은 자리엔 껌이 붙어 있었지요. 야코비 씨는 마지막 결단을 내리기로 했습니다. 지금까지 모았던 광물들을 다 치우고 스텔라에게 쪽지를 써서 식탁에 놓았습니다. 쪽지에는 다시 돌아오지 않겠다는 말이 적혀 있었습니다.

야코비 씨는 동쪽 방향에 있는, 사람들이 돌보지 않는 숲의 가장 후미진 곳까지 찾아갔습니다. 민들레와 녹슨 깡통으로 뒤덮인 곳이었지요. 그곳에서 야코비 씨는 지낼 공간을 찾아보았습니다. 축축한 옷차림으로 사흘을 보낸 후 야코비 씨는 플라스틱 받침대, 초콜릿이 든 상자, 라이터, 등받이 없는 의자를 찾았습니다. 이슬이 맺힌 블랙베리 덤불 사이에서 지선 도로를 지나다니는 차 소리가 들렸습니다.

밤이 되면 완전히 깜깜해졌습니다. 아침에 일어날 때마다 근육이 쑤셔 아파하면서도 들뜬 기분으로 일어났습니다. 야코비 씨는 쇠로 된 쓰레기통과 줄에 매달린 테리어 애완견을 볼 때마다 덤불 속으로 몸을 숨겼습니다.

어느 날 저녁 그가 잠을 자는 자리로 돌아왔을 때, 불을 피우던 자리에 경찰 한 명이 앉아 있었습니다. 어떻게 오셨나요? 야코비 씨가 물었습니다. 경찰은 아무 말도 하지 않았습니다. 마실 거라도 좀 드릴까요? 야코비 씨가 다시 물었습니다. 근무중엔 아무것도 받지 않습니다. 경찰이 대답했습니다.

그들은 마주 선 채로 아무 말도 하지 않았습니다. 경찰은 헛기침을 한 번 하고는 황토색 넥타이를 끄르며 말했습니다. 여기서 지내시는 건 괜찮은가요? 무척 좋습니다. 야코비 씨는 등받이 없는 의자에 앉아 무릎에 팔꿈치를 대고 턱을 괴며 말했습니다. 자, 그럼 저는 이만 가보겠습니다. 경찰은 신발 끝으로 바닥을 몇 번 긁고는 천천히 돌아섰습니다. 그럼 안녕히 계세요. 경찰은 어깨 너머로 한 번 더 인사를 전했습니다. 저는 기다리고 계신 여자분께 가봐야겠습니다. 야코비 씨는 경찰의 육중한 몸이 블랙베리 덤불을 헤치고 가는 소리를 들었습니다. 그리고 주위는 다시 조용해졌습니다.

글 **아네테 펜트**

1967년생. 2001년 첫 장편소설 『나는 떠나야 한다』를 발표하여 그해 최고의 소설로 선정됐다. 같은 해, 노르트라인 베스트팔렌 주(州) 예술가 상을 수상하여 푀르더 후원 기금을 받았고 마라 카센스 상을 수상했다. 2002년 잉게보르크 바흐만 공모전에 당선되어 7월의 상을 수상했으며, 2003년 『섬 34』로 클라겐푸르트 문학상을 받았다. 2007년 『라베아와 마릴리』로 노르트라인 베스트팔렌 주 아동도서상을, 2008년 타도이스 트롤 상을 수상했다. 현재 프라이부르크에 살며 문학 비평가이자 작가로 활동하고 있다.

그림 **유타 바우어**

1955년 함부르크에서 태어나 함부르크 미술대학에서 디자인을 전공했다. 그후 북 일러스트레이터로 활동하며 수많은 어린이·청소년 도서의 일러스트를 그렸다. 그림책 『율리와 괴물』『색깔의 여왕』『할아버지의 천사』를 펴냈고 2001년 『소리 지르는 엄마』로 독일 청소년문학상을 수상했다.

옮긴이 **한희진**

서울대학교 독어독문과를 졸업하고, 베를린 훔볼트 대학에서 문화학과 젠더학을 공부했다. 독일과 여러 유럽어권의 책을 소개하는 저작권 에이전트로 일하면서 틈틈이 번역을 하고 있다. 『나에게 정중할 것』『세상을 등지고 사랑을 할 때』'엘링 4부작' 등 여러 권의 책을 번역했다.

문학동네 세계문학

작은 거인 야코비

1판 1쇄 2008년 11월 13일 | 1판 2쇄 2019년 8월 30일

지은이 아네테 펜트 | 그린이 유타 바우어 | 옮긴이 한희진 | 펴낸이 염현숙

책임편집 허주미 이은현 조현나 | 디자인 엄혜리 이원경 박명희
마케팅 정민호 정진아 함유지 김혜연 박지영 김수현 | 제작 강신은 김동욱 임현식

펴낸곳 (주)문학동네 | 출판등록 1993년 10월 22일 제406-2003-000045호
주소 10881 경기도 파주시 회동길 210
전자우편 editor@munhak.com | 전화번호 031) 955-8888 | 팩스 031) 955-8855

ISBN 978-89-546-0686-8 03850

www.munhak.com